청어詩人選 241

야식 일기

김혜련 세 번째 시집

청어

야식 일기

김혜련 세 번째 시집

시인의 말

    만 십 년 만에 시집을 낸다. 그 십 년이라는 세월 동안 무엇을 하며 살았을까? 고등학교 교사로서 삼십 년 이상의 경력을 쌓았고, 두 아들을 성인으로 키웠고 꾸준히 시를 발표하면서 바쁘게 살아왔다.

    언제부터인가 지인들을 만나면 그들은 내게 약속이나 한 듯이 시집 언제 낼 거냐고 묻는다. 내 게으름과 무기력함을 질책하는 것 같아 부끄럽고 당혹스러웠다. 시집을 내야 하는가? 고민스러웠다. 자그마치 십 년 동안 고민해 왔다. 시집을 내는 것이 과연 바람직한 일인가? 사실 지금 이 순간까지 이 고민에 대한 정답을 얻지 못하고 있다. 그럼에도 시집을 내기로 결심한 것은 지인들에게 마음의 부채를 다소나마 갚고자 하는 마음이 앞섰기 때문이다.

    이 부끄러운 시집이 나오기까지 가장 큰 자극을 주신 문학평론가 장병호 선생님과 김효태 시인께 깊이 감사드린다.

2020년 코로나19가 존재감을 더해가는 어느 날
김혜련

차례

2부 교지 편집을 하며

3부 종합병원 진료 순번 대기 중

4부   육교에서

5부 2월 하루

1부

팔영산

더러워지는 것은
죽기보다 싫어
씨알 굵은 바윗덩어리
전신에 품고
팔영산이 된다

버드나무

자정이 훨씬 넘은
등암리 교원사택
유리창에 깊은 지문 찍으며
버드나무 한 그루
대화의 시간을 갖자고
오늘밤도 생떼를 쓴다

날마다 혼자 잠을 청하며
머리카락 수북이 쌓이는
아침을 맞이하지만
누군가에게
전쟁이 끝난 폐허 같은
쓸쓸한 잠자리 들키기 싫어
오늘치 석간신문을 유리창에
붙이고 또 붙인다

집착인지 인내인지
돌아갈 줄 모르는 버드나무는
고성능 메가폰을 들고
내 이름을 연호하며
치유되지 않은 깊은 외로움
군살 박힌 고뇌까지
죄다 알고 있다며
손 한 번만 내밀라 유혹한다

팔영산

더러워지는 것은
죽기보다 싫어
씨알 굵은 바윗덩어리
전신에 품고
팔영산이 된다

급소마다 철심 박고
쇠줄 걸고
그것도 모자라
암톨쩌귀까지 박아
굳은 살 티눈 천지지만
맑은 공기 마시며
장 청소를 하고
푸른 바다로 멱을 감는
또 하나의 신선
팔영산이 된다

산국

그 여인 앞에 서면
나는 볼부터 부비고 싶다
보송보송한 노란 솜털에
다짜고짜 볼부터 대보고 싶다
까만 눈동자
동그랗게 놀란 모습
한껏 상상해 보면
입 안에 저절로 향이 배인다
바르르 떨리는 푸른 이파리
그녀의 찬 손 같아
따뜻이 잡아주고 싶다
가을빛 짙어가는 산등성이에서
그녀의 살아온 이야기 들으며
몸도 마음도 깊어지고 싶다

장마전선

죄 없는 시간 달달 볶다가
새벽녘 간신히 잠들었는데
머리맡 울리는 탁탁한 소리에
눈보다 먼저 가슴이 깬다
발목에 이불 끌리는 것도 의식치 못하고
아파트 베란다 유리문으로 향하는데
긴 머리 풀어헤친 통통한 빗줄기들이
서로 몸 부딪치며 붉게 추락한다

YTN TV 짧은 머리 여자 아나운서가
북상 중인 장마전선 영향으로
호남 지방 집중호우 쏟아져
피해 속출하고 있다고
숨넘어가는 소리 하는데
나는 아무 것도 할 수 없다
빗물이 벽을 타고 급기야
방 쪽으로 들어오는데
101동 경비실 앞 붉은 등만 내려다본다
빗물이 모든 걸 멈추게 함으로

무얼 한다는 것 자체가 무의미하다
이불을 뒤집어쓰고 빗소리 차단하며
내일은 꼭 이불 빨래를 해야겠다고
이를 악물었다

비 오는 날 밤

뼈 마디마디가 시린 겨울 저녁
마음먹고 비를 맞아본 사람이라면
누군가 굳이 가르쳐주지 않아도 다 안다

엉치뼈 갈비뼈
두개골까지
얼어붙은 자갈이 되어
연방 자그락자그락 부서지는
부실 건물로 주저앉는다는 것을

파란 입술에서 빗물보다 무거운
슬픔이 아픈 몸을 이끌고 내려오고
울음소리가 우산 없는 집을 짓고
몇 해 전 성격 차이로 떠나버린
그 남자의 목소리를 환청으로 들으며
가로등 밑을 미끄러지듯 뛰어가는
미친 여자의 불기둥 같은 밤

가을 숨지다

무단횡단하다 개죽음 당한 사람처럼
가을은 그렇게 호흡이 짧다
여름옷을 들여놓지도 못했는데
어느새 아파트 베란다에는
겨울이 기웃기웃 노크를 한다

겨울밤

눈물의 야적장 같은 하루를 마치고
거울 앞에 앉아
하루 동안 나를 보호해 준
화장을 지운다

초겨울 시린 바람이 뼈마디를
후드득 핥고 간 자리에
쩍쩍 벌어진 하얀 논바닥 같은
뒤꿈치가 거울 속으로 들어온다

클렌징크림이 지나간 자리에
동전 크기만 한 검은 버섯이 피어나는데
다시 커버크림을 짓이겨 바르고 싶은
충동으로 전율하는 나를 보며
먹물빛 어둠이 부질없다며 웃는다

진눈깨비 내리는 날

아득하게만 느껴지는 이 길은
기실 날마다 다니던 길이다
어젯밤에도 이 길을 걸어 퇴근했고
오늘 아침에도 이 길을 뛰어 출근했다
다만 불청객 진눈깨비가
어깨를 잔뜩 움츠리고 내리는 것뿐이다

삶이 쓰다버린 남루한 쓰레기를 치우는
청소부 양 씨의 푸른 이마를 뒤로하며
나는 중흥아파트 후문 쪽에서 도망쳐 나오는
푸른 눈의 검은 고양이와 눈이 마주친다
한순간 따다닥 전류가
내 몸에 찌르르 부딪친다

구질구질 진눈깨비 내리는 날
죄지은 범인처럼 도망치는
푸른 눈의 고양이에게
삶은 단지
진눈깨비 내리는 아득한 길일뿐이다

봄은 아직도 후진 중

매서운 겨울은
도도하기만 한
겨울바다조차 얼어붙게 했다
사지(四肢)에 박힌 불투명 얼음덩어리는
하찮은 움직임에도
몸을 있는 대로 움츠리고
볼 부은 얼굴로 떨고 있다
끝이 보이지 않는 겨울의 정수리에서
아직은 추상적이기만 한 봄을 찾아
비장한 마음으로 길을 나선다
잡힐 듯 말 듯 엷은 병아리색 산기슭
후진 또 후진
애가 타게 더디게 오는 널 보면
애증이 교차된 반가움에
와락 안겨 보지만
아직은 차가운 비수가 뾰족뾰족 돋아 있어
너덜거리는 자존심과 부끄럼을 안고 돌아온다

봄에 대한 새로운 정의

누군가 봄은 땅 밑에서 온다고 했다
얼었던 땅이 녹으며
스펀지 같은 흙 속에서
푸른 싹이 얼굴을 내밀면
봄은 느릿느릿 기어온다고 했다

그러나 그것은 기실 거짓말이거나
말하기 좋아하는 사람들의
상투적 궤변일 뿐이다
봄은 땅 밑에서 기어오는 것이 아니라
뿌연 날개 파닥이며 하늘에서 날아오는 것이다
눈앞을 분간할 수 없는 뿌연 날개가
온 세상을 지배할 때
사람들은 겨우내 입었던 외투를 벗고
앞다투어 약국에 들러
황사마스크를 산다
그것이 봄이다

장미공원에서

1004 장미공원에 가면
그들과 본질부터 다른 나도
한 군락의 장미가 된다

가시 돋치며 살아온 시간만큼
나도 그들을 닮아 있다
꽃잎에 물든 붉은색 보라색
노란색 분홍색 흰색 파란색까지
울혈이 자리 잡은 내 가슴을 닮아 있다

꽃잎을 따서 후 하고
허공으로 날리고 싶어
뒤를 돌아보니
노란 분노가 핏빛으로 타올라
꽃잎의 수를 증식시킨다

삶의 관절 마디마디가 모조리
시위하듯 쑤실 때
멍울진 가슴을 열어보니
가시 돋치려 몸부림쳐 온
내 삶이 장미 군락이 되어
번식하고 있더라

첫눈 내리는 날 내레이터모델을 보며

여간해선 눈 구경하기 힘든 남도 끝자락
처녀의 속옷 같은 첫눈이 내린다

불혹을 넘겼음에도
첫눈이라는 어감에 속아
젊음의 거리에 족적을 남겨야 하는
어떤 당위성이라도 발견한 듯
눈밭의 강아지가 되어
몸에서 휘파람소리를 낸다

삼성디지털프라자 향촌동 대리점
오픈 기념 사은품 증정 행사라는
살아 움직이는 글씨가
화장발보다 독한 조명발로 유혹하고
바람인형 사이에서
앳된 얼굴 숨기지 못하는 내레이터모델이
빨간 스커트 첫눈보다 하얀 민소매셔츠를 입고
걸그룹 노래에 맞춰 춤을 춘다

여간해선 눈 구경하기 힘든 남도의 끝자락
아기 속살 같은 첫눈이 내리는 날
마이크에 리듬감 있는 목소리를 장착하자
한 트럭분의 추위를 뚫고
춤이 발사된다
타당 타다당 사그락 사그락

봄 밤

날 것에 가까운 외로움의 언어들이
기하급수적으로 종족 번식을 하는
복숭아꽃 핀 깊은 밤
인위적 조명이 어둠을 폭행하는
터널 속을 알몸으로 헤매다
외로움으로 뒤틀려 이제는
이가 잘 맞지 않은 침대 한 귀퉁이에
풀린 다리와 가쁜 숨을 풀어놓는다
무겁기만 한 현실은 어느새 흑빛이고
무의식의 저 심연까지 까맣게 타버린
한때는 복숭아꽃 빛으로 물들이고 싶었던
가슴을 오랜 시간 갈아두었던
칼끝으로 의식을 치르듯 그어본다
선혈이 뚝뚝 떨어져야 할 그곳에서
회색빛 잿가루가 먼지로 둔갑하여
온 방 안을 뿌옇게 날고 있다

큰개불알풀꽃

요번 겨울을 지나면
네 살이 되는 현수 녀석이
봄날 풀밭을 하늘빛으로 색칠하는
야생화 잔치를 보고
할미인 내 손을 끌어당긴다
"할무이잉! 이 꽃 이름이 뭐야?"
괭이밥꽃, 민들레, 바위취
보리냉이, 양지꽃, 꽃마리
정감 어린 예쁜 이름 가진
야생화가 눈길을 끄느라 애쓰는데
왜 하필 네 살배기 손주 녀석 앞에서
얼굴 붉어지는 고놈의 이름을 물어볼까
요즘 부쩍 잠지를 만져
엄마한테 꾸지람을 듣는 손주 녀석을 보니
더더욱 입이 떨어지지 않네
큰개불알풀꽃!

2013 가을

내 것조차 지키지 못한 나는
죽어서도 조상님 얼굴 뵐 면목이 없어
옆구리 사이로 들어오는 시린 바람 앞에서
맨발로 서성거리네
태초에 하늘이 하사한 그 석 달
구월 시월 십일월
대대손손 물려받아
우리 가을가문 번창했거늘
병치레 달고 살던 할아버지
노름빚 달고 살던 무능력한 아버지 덕에
노른자 땅 구월 빼앗기고
어머니 혼자 마당을 뒹굴며 통곡해도
아무 소용없었지
빼앗긴 구월을 되찾아
어머니 한 풀어주겠다고
이 악물고 밤낮으로 공부한 나
변변한 스펙 하나 없어
몇 년째 미역국만 들이키는 백수건달
어머니의 깡으로 간신히 지켜 온

시월마저 여름그룹 회장에게 넘기던 날
몸져 누워버린 어머니
마지막 남은 십일월만은
무슨 일이 있어도 빼앗기지 않을게요 어머니
이 밤 산소 호흡기에 의지하여 가르렁거리는
어머니 앞에 무릎을 꿇는다

칼랑코에 분갈이

불면이 제법 두꺼워지는 새벽 두 시
정교하기 이를 데 없는 달의 속눈썹을
족집게로 뽑아내 하나하나 헤아리며
야반도주하듯 이사를 한다
코딱지보다 작은
눈꼽보다 더 작은
습한 방 한 칸에서
장성한 자식들과 함께
지지고 볶고 살다보니
허리는 길어지고 삭신은 쑤신다
벌어먹고 산다고 자식들과
눈 맞추기도 힘든데
어젯밤 막내 녀석 잠든 모습을 보고
밤새 울다 울다 이사를 결심한 거다
방이 얼마나 비좁았으면
다리 한쪽이 문밖으로 나와
시린 이슬을 맞고 있었고

한쪽 팔이 빨갛게 구겨져 있을까
전셋집이지만 장성한 아들 녀석들이
마음껏 팔 올리고
다리 쭈욱 뻗고 잘 수 있는
그런 곳으로 이사를 한다

단풍 노숙

시간이 뜯어먹다 버린 가을 잎들이
아파트 지하주차장 입구까지 들어와
서로 몸을 겹쳐 불편한 잠을 청하고 있다
저것이 위험한 노숙이라는 것인가
수백 대의 승용차들이 거친 말발굽으로
마른 몸을 깔아뭉개고 들어올 줄
뻔히 알면서도 붉게 충혈된 눈으로
연방 들어오는 알몸의 가을 잎들
피 한 방울 흘리지 못할 만큼
신체 기능이 떨어져 버린
저것들이 불쌍해
알량한 시라도 쓰는 나만은
저것들의 몸을 짓뭉개기 싫어
지하주차장 입구에서 갈등하다
서투른 후진으로 돌아가네

실종된 가을

누구는 가을이 없다고
투덜투덜 침을 뱉는다
엊그제 땀 삐질삐질
흘리던 긴 여름이었는데
가을도 없이
성급한 겨울이 쳐들어왔다고
턱 끝까지 불만이 차 있다
해가 갈수록 여름과 겨울은
어깨에 잔뜩 힘이 들어가고
봄과 가을은 눈가에 눈물만 매단 채
비실비실 의기소침하다
더 가슴 문드러지는 건
가을이 한 해 두 해
존재감을 잃어간다는 것이다
시월의 중턱에서 시를 쓰는 나는
학생들 소풍날
실종된 가을을 찾아오라는 특명을 받고
가을 산으로 출장 간다

무화과

행상으로 허리를 제물로 바치며
어머니가 처음으로 장만한
시골집 앞마당에
무화과나무 한 그루가 있었습니다

어느 여름날 밤
평상에 누워 밤하늘의 별을 세다
출출하다 보채면
어머니는 무화과를 따다
당신의 치맛자락에 몇 번 쓱쓱 닦아
내 입에 넣어 주었습니다
과육이 부서지며 입 안에 번지는
단맛에 넋을 잃을 때쯤
어머니는 옛날 이야기를 들려주듯
무화과의 꽃 이야기를
무화과의 사랑 이야기를 읊어 주었습니다

"아가, 무화과는 꽃이 없는 게 아니라
꽃이 겉에 안 보일 뿐이란다.
너에 대한 엄마의 사랑도 저 무화과 꽃처럼
겉에 보이지 않을 뿐이지.
무화과 푸른 잎에서 흘러나오는 젖빛 사랑으로
너를 키워온 것이란다."
무화과 같은 달콤한 잠결에 들었던
유년 시절 어머니 목소리는
쉰 고개를 넘어가고 있는 오늘밤
또 다른 동화를 쓰게 합니다

발길질

붉은 화장을 한 화려한 단풍들이
가을이 내일이나 모레쯤
떠나야 한다고 귀띔하자
하얗게 질린 얼굴 미처 숨기지 못한 채
갑자기 말수가 적어졌다
만남이 있으면 이별이 있다는 것
애초에 알고 있었지만
이렇게 빨리 이리도 쉽게
이별이 달려올 줄은 몰랐다
철없이 짙게 화장하고 엉덩이 살랑대며
계곡을 누비던 것이 엊그제 같은데
지금도 정녕 왜 벌써 떠나야 하는지
모르겠기에 어느새 짐을 풀고 있는
겨울의 엉덩짝을 향해 발길질하고 싶다

손바닥선인장

당신은 무슨 원망이 그리 많아
모난 데 없이 둥글둥글한 그 얼굴에
어울리지 않게
바늘침보다 날카로운 가시로
온몸을 무장하게 되었나요?

허허, 대답하기 곤란한 질문이요만
당신의 눈빛이 하도 절실하여
대답해 보리다
멕시코 어느 땅에서
불타는 마음을 나누었을 조상님을 추억하며
멀고 먼 이국땅 제주 월령리 바닷가
모래톱에 발을 묻으며
이승 저승 안 가본 데 없이 다 가 보고
전쟁보다 무서운 살인적 가뭄과 추위에 맞서
백 년 동안 알몸으로 싸우다 보니
결국 이렇게 첨탑보다 붉은 가시가
온몸에 훈장처럼 솟아납디다 그려

억새풀

가을의 전령사 천관산의 억새풀이
관광객들의 등살에 죽을 지경이라며
올가을에는 만사 제쳐두고 내 머리에 와서
조용히 한 세월을 보내고 싶다고
문자 메시지를 보내왔다

답장을 미루고 며칠째 고민 중이다
일주일 전 왕지지구 페인트 가게 정 사장한테
비싸더라도 최대한 오래가는 신개념 검은 페인트로
칠해달라고 웃돈까지 찔러주며 예약해 놓은 상태다

십 년은 더 젊어 보일 거라는
정 사장의 입에 발린 말이 아니라도
사실 나는 아직 억새풀 휘날리며 살 자신이 없다

그으름 같은 어둠이 발바닥에 밟히는 이 저녁
보름달을 불러 내 마음을 대신 전해 달라는
부탁을 하고 돌아서는데
어쩐 일인지 눈물이 난다

2부

교지 편집을 하며

한 해가 저물려고
얼굴 붉히는 게 두렵다
문협 송년 모임 가야 하는데
창고에 넣을 곡식 수확 못한
농부처럼 마음 허청거린다

교지 편집을 하며

한 해가 저물려고
얼굴 붉히는 게 두렵다
문협 송년 모임 가야 하는데
창고에 넣을 곡식 수확 못한
농부처럼 마음 허청거린다
일 년 내내 가슴앓이 하다
12월 되면 몸살 난다
오자 투성 일그러진 문장 범벅
참았던 짜증 뱉으며
먼지 뒤집어쓴 느려터진
교무실 컴퓨터 배꼽 누르는데
녀석도 나처럼 풀풀 짜증부터 낸다
요 몇 달 과하게 부려먹은 탓인지
배꼽 누르기 바쁘게 신경질적으로
귀청 찢는 비명 앙앙거린다
생각 같아선 시원하게 한 대 쥐어박고
스트레스 날리고 싶은데
아쉬운 나는 부드러운 티슈로
녀석의 몸을 정성껏 닦으며 달랜다

교지 1차 교정을 하며

학교를 대표한다는
신성한 책 교지
이제 그런 화려함은
책갈피에 박혀
신음한 지 오래고
교지를 받아든 학생들
책갈피 몇 장 들썩이다
쓰레기통부터 찾을 텐데
지도교사인 나는 그런 운명이 될
1차 교정지를 앞에 놓고
끝도 없는
피비린내 나는 싸움질을 한다

시를 가르치며

하늘이 조각보처럼
다양한 표정을 짓는 날
5교시 문학 시간
나는 죄수번호도 없는
죄인이 된다
살아 있는 것의 포를 떠서
죽이는 백정이 된다

알몸의 시 3종 세트 들고 와
도마 위에 펼쳐 놓고
갈기갈기 칼질을 한다
선혈이 튀고 살점이 튀고
한바탕 퍼포먼스 펼치는 망나니가 된다

이 땅의 모든 국어 교사들이
시의 포를 뜨는 노련한 칼잡이가 되어도
시를 쓰는 나만은 포 뜨는
백정이 되지 않으려 이 악물었다

그러나 교사로서 두 차례
강산이 바뀌는 것 목격한
지금의 나는
알몸의 시를 무차별적으로
난도질하는 무자비한 백정이다

시를 가슴으로 느끼게 하지 못하고
시적 화자의 정서와 태도
발상 및 표현상의 특징
시어 및 시구의 의미
다른 작품과의 연계성
운운하며 찢어발기고
짜 맞추며 국어영역시험
적중률을 들먹이는
나는 시를 죽이는 죄인이다

컴퓨터 파일을 옮겨 심으며

순천고 교무실 내 책상 위
컴퓨터 속에는 지난 4년 동안
모진 산고 끝에 낳은 묵직한 파일들과
한순간 끙하며 숨풍 쏟아낸 가벼운 파일들이
나름의 질서 속에서
각자 방을 만들어 오순도순 살고 있다

녀석들을 보면 한낱 차가운 파일이 아니라
심장 뛰는 사람을 닮았다는 생각이 든다
출생신고를 한 그들은 4년 동안 잘 자라서
이젠 인격과 정체성까지 지녔다

문학자료방에 사는 파일들은
수업시간 열여덟 야자수 같은
녀석들의 눈을 붙잡기 위해
각혈을 몇 번이나 하면서도
결근 한 번 하지 않았고
학적공문방에 사는 파일들은
개인이 아닌 공인의 신분으로

도교육청 지역교육청
서울 부산 대구 광주 제주도까지
방학도 없이 발바닥 헐도록 뛰어다녔다

이제 이 학교를 떠나야 하니
힘들여 낳은 숱한 파일들 자식 같아
어느 것 하나 버릴 수 없어
대용량 유에스비에 옮겨 심으며
나는 그만 가슴이 사무치고 만다

울컥 울음보가 터지는 순간이다
이 많은 식솔들 데리고
어느 낯선 학교에 가서
또다시 방을 만들고
잘 키워낼 자신이 있는가
누군가 집요하게 묻는다
아무런 증거도 댈 수 없지만
감히 나는 내가 쓰러져
숨이 멎는 한이 있더라도
그들을 사랑하기에 끝내
버리지 않을 거라
눈시울 적시며 대답할 것이다

교과교실 컴퓨터

아침 8시 15분 출근과 동시
턱 끝까지 숨찬 손길로
컴퓨터 전원 스위치를 누르는 순간
내 심장은 화들화들 펌프질한다
파란 눈동자로 순식간에
눈인사를 날린 녀석은
오늘도 어김없이 꼴까닥 숨이 멎는다
무슨 난치병이 걸렸기에
수차례 대수술을 받았음에도
순간순간 호흡을 멈추는 녀석 때문에
교직 경력 24년의 나는
속수무책 안절부절 발만 구른다
급한 공문이 와도 열 수 없고
쿨메신저가 실시간으로 발사되어도
거대한 학교 안에서 나만 홀로
작은 섬이 되어 둥둥 떠 있다
밤새 만들어놓은 파워포인트 학습 자료도
개봉박두조차 할 수 없어 절망한다
하루 종일 안절부절 어느 것 하나
잡지 못하고 기침만 해댄다

71번 시내버스를 기다리며

이십이 시 이십 분
얼굴 생김새가 천형(天刑)과 꼭 닮은
한 다발의 야근을 떠 밀치고
출출함을 호소하는 그놈을 생각하며
무겁고도 비릿한 어둠을
볼이 미어지도록 한 입 가득 물고
아직 도착할 마음의 준비를 하지 못한
71번 시내버스를 기다리며 발장난을 한다
하루 종일 내 무거운 몸과 마음을
말없이 받아준 천사표 녀석에게
요렇게 고소롬한 막간을 이용하여
고맙다는 말 한 마디쯤 속삭여줘도
나로선 손해날 것도 없는데
굳이 나의 체질적 까칠함을 탓하며
죄 없는 발만 성깔 꽤나 있는
콘크리트 벽에 툭툭 찍는다
아야 소리도 못하고
이마와 머리가 찍히는 발부리에서
갑자기 비릿한 피 냄새가 난다

노트북

단단한 껍데기가 일품인
새벽 어둠은
잠 못 드는 내 노트북
커서 위에 내려앉는다
사각사각 손가락 끝에
닿은 먼지를 발길질하며
타이핑을 한다

모습 보이지 않으려 사력 다하는
자음 모음의 비명 들으며
필사적으로 타이핑을 한다
다시는 시 같은 것 쓰지 말아야지
어젯밤에도 익숙한 몸짓으로 약속했건만
노트북 앞에만 앉으면
어김없이 시 한 줄이
가슴에 생채기를 내고
엘시디 화면 위로 도망치는 비명 소리
차라리 리셋키를 누르고 싶다

갑각류 등껍질처럼 딱딱한 새벽어둠 속
칠백이호 화장실 물 내리는 소리에도
내 청각 기관은 예민한 안테나를 세운다
방금 내 심장을 집어삼킨
피 맺힌 시 한 줄
커서가 되어 고양이 푸른 눈동자로
깜박깜박 빛나는데
잔혹한 폭군처럼 나는
델(Delete)키를 누르고 만다

나를 쉬게 하고 싶다

산다는 게 가혹하다는 생각이 들 때가 있다
목이 컥컥 막히는 그 순간에도 나는
나를 쉬게 하지 않았다
종일 노동 현장에서
다리가 붓고 목이 시도록 혹사시켰다
퇴근 후에는 가족을 위한
사랑과 봉사라는 거룩한 이름으로
노동을 강요했다
나를 위해 나를 한 번도 쉬게 한 적이 없다
지난 여름 대학병원 의사의 메스가
내 배를 여닫은 후
나는 내게 최후통첩을 내리며
이젠 제발 그만 쉬라고 경고했다
병간호하며 밤새 흘린
아버지의 눈물을 떠올리며
쉬어야 한다고 애걸복걸했다
그래도 눈만 뜨면 노동 현장으로
어김없이 뛰어드는 철부지 나를 위해
이제는 기막힌 수갑이라도 채워
나를 쉬게 하고 싶다

글을 쓴다는 것

글을 쓴다는 것이
청소를 한다는 것과
진정한 동의어임을
오늘 밤 비로소 깨닫는다

허접쓰레기 같은 살림살이와
만만치 않은 경력의 소유자 먼지와
각질과 유사한 속성을 지닌 묵은 때가
무질서하게 널려 있는 집안을
밤새 홀로 청소하며
글 쓰는 것과 똑같다고 무릎을 친다

구더기 슬은 푸세식 화장실처럼 부글거리는 갈등과
가슴을 끊어내는 검붉은 고뇌와
목젖을 붓게 하는 온갖 슬픔들이
무질서하게 널브러져 있는 내 마음의 집안을
밤새 홀로 쓸고 닦고 정리하니
그것이 바로 청소를 하는 것이고
그것이 바로 글을 쓰는 것이 아닌가

낙태

살다보면 억지로
시를 낳아야 할 때가 있다
가끔은 내 머리 내 가슴이라는
황폐한 자궁에게도
단 며칠간의 휴가라도 주고 싶어
의도적으로 시와 담을 쌓는
힘든 훈련을 하는데
하필이면 그때 원고 청탁이 온다

식구들 모두를 이른 잠자리에 들게 하고
난방도 들어오지 않은 골방에서
피비린내 나는 난투극을 벌이다가
고뇌의 쇠발톱과 난상토론을 하다가
마침내 무릎 꿇고 낙태시켜 버린
불쌍한 내 새끼들
지켜주지 못해서 미안해
엄마가 미안해

곰팡이를 닦으며

등암리 교원 사택 1동
그 메마른 꽁무니를 미행해 보라
105호실 금속 현관문
녹이라도 알맞게 슬었으면
차라리 맘 편할 텐데
어울리지 않은 요란한 곰팡이로
문신한 조폭 등짝이다
푸른 털 사이로 검은 송곳니를 숨긴 놈은
걸레를 대는 순간
푸른 색 체루가스를 뿜으며 이를 간다
망측하게 울음보 터진 나
뭣 때문에 미물도 아닌
곰팡이와 싸우며 사는지
장판 밑에 사는 수컷지네한테 묻고 싶다
오늘도 김밥천국에서 김밥 한 줄 사먹고
학교에 가는 어린 아들 녀석이 있는데
나는 왜 이 낯선 곳에서
검푸른 곰팡이 놈과 쌈질이나 하는지

1988 이포리 쪽방

갈꽃섬 이포리 혜성장
여섯 개의 쪽방이 구멍가게를 중심으로
여섯 마리 돌게처럼 엎드려 있다
한평생 고기만 잡던 주인 장 노인은
이제 쪽방 한가운데 코딱지 구멍가게
하나 차려놓고 날마다 바다 바라보며
소주 마시는 게 일상이다
그가 바라보는 것은 단순한 바다가 아니다
물거품 토하며 사라지는 고깃배도 아니다
가슴 속에서 숯이 되고 재가 돼버린
그놈 정명(正名)이 이름처럼 바르게 살고자했던
수산고 졸업하고 아비 뒤를 이어
고기잡이하겠다던 그 청대 같은 놈
그놈을 잡아먹은 바다의 게걸스런 아가리다
붉은 눈의 장 노인은
시린 소주를 목 안으로 밀어 넣고
먹먹해진 가슴을 두 손으로
퍽퍽 치며 밤새 운다
갈바람이 문풍지 때리며 달래는 밤

건넌방 늙은 상업선생 길 선생의
코 고는 소리는 한 옥타브 올라가고
옆방 읍사무소 직원 정 씨 부부의 숨소리는 거칠다
뒷방 가정과 홍 선생은 별밤을 듣는 모양이다
나는 오늘밤도 어김없이 찾아와
창호지 문에 파란 불빛을 서비스하는
도둑과에 속하는 고양이를 보며
쌀통에 숨겨놓은 소주를 꺼내 홀짝거린다
1988년 이포리 혜성장의 밤은 깊어간다

밥

부끄러운 일이지만
당신이 밥이 아닌
법으로 느껴져 두려움에 떨며
숟가락을 떨어뜨린 적이 있었어요

허리띠 조일 필요도 없이
살점 하나 없던 유년 시절
전날 밤 밥상에 올린
건더기 없는 풀떼죽을 떠올리며
늦은 밤 부엌바닥에서 꽁보리밥을 푸는
어머니의 주름진 미간에서 눈물을 보고 나면
걸신들리듯 밥알을 흡입하는 동생들
등 뒤에서 나는 병풍이 되어
숟가락을 떨어뜨리곤 했어요

창자가 시위하듯 격앙된 노래를 부르고
심장이 인내심을 바닥내도
새벽부터 박 부잣집 농사일로 혹사당했을
어머니의 등허리가 입 안을 가득 채워
밥 한 술 못 넘기고 짠맛뿐인
울음만 배부르게 먹었어요

잊으려 하면 할수록
더 선명해지는 기억을
밥그릇에 꼭꼭 눌러 담으면
당신은 법이 아닌
밥으로 정체성을 회복한 두 손으로
유년 시절 떨어뜨렸던 그 아픔의 숟가락을
행복한 숟가락으로 바꿔 줄 수 있을까요?

붕어빵

껍질이 단단한 겨울 가로등 밑
눈뭉치 몇 개 이고 있는 포장마차
얼음강에 구멍 파고 빙어 낚시하듯
정애 엄마 통통하게 살 오른 붕어
낚는 재미에 밤 깊은 줄 모른다
월척은 없어도
쌍둥이 붕어 낚시질 20년에
큰놈 작은놈 대학 보내고
내년이면 막내 녀석 대학생 된다
막차 끊길 시간
출출한 가족을 위해
갓 잡은 붕어를 가슴에 품고
귀가하는 가장들을 보며
정애 엄마
오늘도 보람 있는 하루였다며
낚시 짐을 싼다

시간 저장고

순식간에 화르륵 타버리는 시간
요즘은 오래 잡아두기가
점점 버겁기만 하다

살다보면 까맣게 태워
재조차 남기고 싶지 않은
진절머리 나는 시간도 있지만
죽어서도 관 속에 넣어가고 싶은
눈물 나게 그리운 시간도 있는 법이다

붙잡아두기도 힘들고
묶어두기는 더더욱 버거운
가연성 시간을 위해
지금 이 순간부터 서둘러 내 몸속에
시간 저장고 두 대를 들이려 한다.
한 대는 양지바른 정수리 한가운데
한 대는 심장의 정중앙에
반영구적 메탈 소재의 시간 저장고를
장만하려 한다

씨븐너물할매*

삶의 플러그를 몽땅 뽑아버리고 싶은 날이면
순천 중앙시장 뒷골목 곱창집 앞에서
30년째 푸성귀를 파는 씨븐너물할매를 만나러 가라

씀바귀, 쑥부쟁이, 돌미나리, 돌나물, 원추리, 취나물을
함지박마다 수북이 담아놓고 파는
손톱 밑에 까만 흙먼지가
고생대 지층을 이룬 씨븐너물할매의 손을 잡아 보라

황사도 폭염도 서리바람도 눈보라도 아랑곳하지 않고
뚝방마을에서 새벽차를 타고 푸성귀를 내오는
할매의 거북 등짝 닮은 손을 잡으면
그토록 절박하게만 느껴지던 고통스런 내 삶의 살점들이
한낱 정신적 사치로만 느껴져
훔치던 눈물을 대충 감추고
도망치듯 돌아온다

*씨븐너물할매: '쓴 나물 할머니'라는 의미의 사투리. '쓴 나물'은 '씀바귀'를 가리킨다.

압력밥솥

압력 배출구로 쏟아내는 분노들
사춘기 소년처럼 격앙되어 있다
푸부북 분출되는 물큰물큰한 분노 입자들
자기네들끼리 한 치의 양보도 없는 경쟁을 하며
싱크대 천장 위로 숨가쁘게 올라가
거친 곡예를 펼친다
어느새 등줄기에 땀이 흐르고
치지직 마지막 숨을 토하며
멀건 눈만 내놓고 탈진한다
처음부터 끝까지 이 모든 장면을 목격한 나는
갱년기의 기복이 심한 나의 분노와 비교하며
녀석들과 비로소 공감의 폭을 넓히고 있다
그래, 너희들도 나처럼 분노 조절이 안 되는구나
그래도 나는 분노하고 싶을 때 거칠 것 없이
분노하는 너희들이 부럽구나
신열처럼 올라오는 분노를 인간이라는
무거운 중압감으로 끝내 조절해야 하는
내가 오늘은,
왜 이렇게 측은하기만 한지 모르겠다

숯

희망의 목을 치며
머리카락 쥐어뜯는 오늘밤도
나는 여전히 숯이 된다

끊어지지 않는 필라멘트처럼
송곳니를 잔뜩 세우고
으르렁거려보지만
생매장 당하는 어둠의 무게 속에서
끝내 건져 올리지 못한
비릿한 자모음의 시신들이
폐광에 남은 석탄 쪼가리의 표정을
흉내 내며 나뒹군다

밤새 출구를 찾아 진땀 빼는데
정작 출구는 보이지 않고
발에 밟히는 게 시커먼 물체뿐이다
다 포기하고 침대에 엎드려
노트북 자판을 두드리는데
까맣게 타서 제 모습을 갖춘
숯덩이들이 강물이 되어
둥둥 떠다닌다

희망의 목을 조이며
머리카락 쥐어뜯는
오늘밤도 나는 어김없이
숯이 되어 시간을 사살한다

포맷

어둠의 하복부가 가려워
거친 바위에 피가 나도록 문질러대고 싶을 때
나라고 하는 하드디스크를 포맷하는
냉정하지만 숙련된 컴퓨터기사가 되고 싶다

세월의 이삭을 주워야 하는
가볍지 않은 나이 탓인지
턱 끝에 숨이 차듯 속도는 느려터지고
돌부리에 걸리듯 삐꺽거리는 오류는
콧등에 땀을 구르게 하는
신통한 재주까지 데리고 왔다
고지혈증 닮은 바이러스는 췌장 밑바닥까지
촘촘히 박혀 있는 붉은 장미다발을 이루고
불량 섹터는 어느새 백팔 개를
훌쩍 넘겨 고양이 울음소리를 낸다

어둠의 하복부가 무거워
노란 똥물까지 온 방에 가득 넘치도록 쏟아내고 싶을 때
나라고 하는 하드디스크를 포맷하는
비정하지만 능숙한 컴퓨터기사가 되고 싶다

3부

종합병원 진료 순번 대기중

벌써 두 시간이 넘어가고 있다
가뭄에 숨넘어가는
갈라진 논바닥처럼
가슴이 타들어간다

종합병원 진료 순번 대기 중

벌써 두 시간이 넘어가고 있다
가뭄에 숨넘어가는 갈라진 논바닥처럼
가슴이 타들어간다

기다림을 지혜롭게 맞이하기 위해
챙겨온 2월호 문학잡지
한 장 넘길 때마다
무수히 많은 벌레들이
쏟아져 나와
구역질이 나고
눈앞이 노랗다

진료 순번 대기 전광판에
낯익은 내 이름자 명멸하는데
오후 2시 이후 다시 오란다
그 시간에도 예약환자 밀려 있으니
참고하란다

포화 상태 물혹
악성종양 된 건 아닌지
불안 불안 잠 못 이뤘는데
기나긴 진료 순번 대기 중인 지금
차라리 숨을 멈추고 싶다

병상 일기 1
−병든 짐승

대학병원
6인실 병상에 누운
나는
병든 한 마리 작은 짐승이다

노란 오줌 한 방울조차
내 맘대로 배설 못하고
부끄러운 아랫도리 다 내보인 채
간호사의 날카로운 시술 속에서
긴 관(管) 통해 내보내야 하는
이미 인간임을 포기한 병든 짐승일 뿐이다

누군가 도와주지 않으면
일어나지도 눕지도 앉지도 못하는
방귀 한 번 배출하지 못하여
6일째 금식하고 있는
인간 구실하긴 글러버린 치명적 짐승일 뿐이다

병상 일기 2
−눈물

병든 사람에게 있어
순도 100% 자기표현 매체는
언어보다 눈물이더라

불혹의 나이까지 살아온 나는
인간의 가장 완벽한
자기표현 매체는
말과 글 언어인 줄만 알았다
그래서 사람들과 말을 하고
그래도 부족하다 싶으면
밤새 글을 썼다

그런데 병든 몸으로
대학병원에 입원하는 신세 되고 보니
아픔이 크면 클수록
말보다 눈물이 먼저 나와
내 맘 표현하는 것 이제야 알겠더라

누군가 손만 내밀어도
눈물이 나오고
병문안 온 이가 좀 어떠냐고 물어도
말보다 눈물이 앞서더라

병상 일기 3
−병실의 밤

31병동 3162호 6인 병실
먹빛 밤이 내려앉으면
혼절하는 통증 눈빛 반짝인다

햇빛 들어오는 낮에는
환자들끼리
이런저런 얘기 보따리 풀고
텔레비전도 보면서
통증을 최대한 묽게 만들지만
한 줄기 햇빛조차
꿈꿀 수 없는 밤에는
완전 투명한 통증과
피비린내 나는 전쟁이다

눈알 붉힌 통증은 잠 잃고
여기저기 버거운 숨을 몰아쉰다
도무지 가늠할 수 없는
통증의 깊이
침상이 울고
마침내 침대시트까지
땀범벅 아수라장이다
그래도 창문 가장자리
아침이 들어오는 소리 기다린다

담석이 새끼를 치다

대학원 석사논문 1차 심사를
하루 앞둔 깊은 밤
차디찬 시멘트 바닥 같은 가슴 속
등 푸른 생선 껍질 닮은
담석들이 서로 몸 부딪혀
유황 냄새로 운다

지난 3년 세월
머리카락 빠지는 고뇌 숨기며
배움의 꽃 연구의 물꼬 트려
죽을 힘 다했지만
젊은 논문심사위원이 던지는 한 마디는
또 하나의 담석을 분만하는지
허리 잘리는 통증이 밀려온다

정녕 이 길이 아닌가
3년이나 걸어온 이 길
되돌아가야 하는가
여기서 멈추어야 하는가
젊은 교수의 한 마디는
불혹의 가슴에
천만 개의 비수로 박힌다

그러나 이럴 수는 없는 일이다
담석이 유황 냄새 속에서
뼈아픈 산고를 치르듯
머리는 굳어지고 굳어졌지만
논문을 향한 열정만은
아직도 핏빛이라는 것을
다시금 되새겨야 한다

죽이는 만찬

오후 5시 40분
4238호 6인 입원실
사랑 없는 밥수레가
지극히 사무적인 몸짓으로 들어온다
황철희 님 금식이구요
이말숙 님 현미밥이구요
강인구 님 내일까지 금식이네요
정화자 님 저염식이구요
박성순 님 잡곡밥이네요
김혜련 님 브로콜리죽입니다
가스가 나오지 않는다고
일주일을 굶기더니
가스가 그렇게 소중하다는 것을
최초로 깨달으며
감격의 목젖으로
밥상을 마주했더니
내리 5일째 죽만 나온다

정녕 날 죽일 속셈인가
밥 아니면 시체인 내가
밥심으로 사는 내가
입 안에 푸른 브로콜리 잎이 하늘거리고
노란 좁쌀이 발아를 꿈꾸는
죽이는 만찬을 도대체
언제까지 마주해야 하는가

밤 운동

모래알보다 까끌까끌한
브로콜리죽 한 수저 뜨고
병동 밖으로 나간다
링거주머니 서너 개 단
덜 가여운 환자부터
링거주머니에
검은색 항암주사주머니까지
허리춤에 숨기고 다니는
말기암 환자까지
밤 운동을 하고 있다

링거주머니 세 개에
피고름 주머니 하나
열대야 속 복대로 구속 당한
복부를 감싸고
나도 그들 틈에
몸을 섞어본다

항암주사를 여섯 번이나
맞았다는 말기암 할머니
처음 본 내 손 잡고
눈물바람이다
"새댁 뭐가 그리 급해
그 나이에 암병동에 왔누?"
벤치에 앉아 내 모습 쫓고 있을
친정엄마한테 눈물 보이면 안 되는데
나도 모르게 서러운 눈물이 쏟아진다
"새댁은 젊은께 금방 나을 꺼그만.
암시랑토 안케 나을 꺼그만."
항암주머니보다 더 진한 빛깔로
덕담을 해 준다

추적 검사

종양 제거 수술을
받아본 사람은 다 안다
주치의 선생의 입에서 걸어 나온
"6개월 후에 다시 봅시다."
라는 마른 미역 줄기 같은 한 문장의 말발이
환자에겐 치명적 불안감으로 새겨진다는 것을
정작 주치의 선생은 짐작조차 못한다

6개월 후 주치의 선생 앞에 앉아
그의 미간의 찡그림 하나
입술의 씰룩임 하나
파랗게 면도한 잠재된 수염의 흔들림 하나
모공의 열림과 닫힘 하나에도
숨죽이며 침조차 삼키지 못하는
환자의 타들어가는 마음을 모른다

"다행히 종양이 다른 곳에 전이되진 않았습니다.
그래도 안심할 수 없으니 꾸준히 운동하시고
스트레스 받지 마세요. 6개월 후 다시 봅시다."

비로소 '아' 하고 한숨이 터진다
6개월간은 살아도 되는구나
6개월간은 살 수 있구나
꼭 비정규직 노동자 같다
6개월 계약 기간 동안
삶이라는 노동 현장에서 시달리다가
6개월 후에 재계약하거나
아니면 죽음이라는 이름으로
해고당하는 그런
비정규직 노동자다, 나는

노인전문병원 중환자실

노인전문병원 중환자실에
한 번이라도 가본 적이 있는 사람이라면
삶의 끝이 어떤 모습인지
두고두고 잊지 못할 것이다
차라리 그 순간만은
자살해 버린 사람들이
얼마나 부러운지 말 안 해도 알 것이다
오래 전에 외출한 영혼을 대신하여
남은 검부적 같은 몸들이
사오십 구나 누워 호흡기에 의지하여
밤낮으로 가르렁거리는 삶의 종착역
자신의 의지와 상관없이 채워지는
노오란 소변 주머니조차
재활용도 안 되는 쓰레기가 되어
숨 쉬고 있음을 보고
최소한 일주일은 밥숟가락 들기가 겁날 것이다

병원 가는 길
−친정아버지

큰 수술 하고 한 달 지난
9월 마지막 날 아침
화순 전남대병원 가는 길
217번 화순교통 시내버스
앞좌석에 아버지가 앉고
뒷좌석에 내가 앉는다
흔들리는 버스 안
구역질 참다 얼굴 노래진
성치 않은 내 눈에
바늘 끝 같은 아픔 찌르르 다가온다
늙은 아버지의 목덜미
규칙적인 마름모꼴 주름살로
깊숙이 파인 아버지의 뒷목
어느새 저토록 늙으셨을까
환자 혼자 보낼 수 없다며
바쁜 남편을 대신하여
시골서 새벽차 타고 오신 아버지
갑자기 목젖이 아릿하게 부어오르고
눈동자가 뜨거워져 고개를 들 수 없다

살처분

생매장은 분명 범죄가 맞는데
나는 오늘 아침 내 식구들을
그 흔한 나무관 하나 없이
모조리 생매장하고 말았다
아내와 둘이 사랑으로 키우고 피땀으로 돌보던
눈에 넣어도 하나도 아플 것 같지 않던 그것들을
내 손으로 생매장하고 돌아와
눈물 섞은 해장국을 먹었다
3만하고도 2천 8백 명이 더 되는
대식구 중에 대식구를 거느린 가장이라고
동네 사람들 얼마나 칭찬이 자자했는데
이제 나는 인면수심의 너무도 당당한
살인범이 되어 눈물조차 잊었다
에이아이가 살인범인지
내가 살인범인지 혼란스럽기만 하다

야식 일기

외로움이 너무나 무거워
어깨 빠지는 듯한 밤이다 싶으면
야식을 찾는 버릇이 생겼다
남편을 그 섬으로 보내고
아이들을 컴퓨터에 빼앗기고
안방에 홀로 남겨진
불혹에 익숙한 여자
칠오이에 구구빵빵 눌러
평소 쳐다보지도 않던
환장하게 매운 불닭을 시키며
매운 시를 쓰는 여자
앞 동 불빛이 사라지면
거북한 배를 움켜쥐고
밤새 썼던 시를 닭뼈와 섞어
쓰레기통에 쳐 넣는
뱃살 볼록한 여자
외로움의 무게만큼 밤은 깊어간다

변사체 센서등

오래된 주공 아파트 계단에는
인적 감지하는 센서등이
변사체로 발견된 지 오래다
비싼 다이어트 대신
계단 오르기를 실천하는
불혹의 나는
오늘 밤도 녹초가 된 다리로
계단을 오른다
세상은 온통 변사체 센서등이다
누군가 아파 쓰러져도
누군가 성폭행을 당해도
누군가 죽어가도
온통 무감각할 뿐이다

가난한 나는
아들 녀석 연기학원 수강료
칠십만 원을 벌기 위해
노래방 도우미로 웃음 팔며
변사체 센서등처럼
세상일에 무감각해지고 있다

산다는 것은
주공 아파트 변사체 센서등처럼
얼마 동안 눈부시게 빛나다
어느 순간 소리 소문도 없이
죽어가는 것이다

폐냉장고

심장이 간헐적으로 멈추는 증세만 없었어도
Jp양문형 냉장고는 어둠을 방류하는 낯선 계곡에서
겨울비를 맞고 서 있지 않아도 될 것이다
생애 처음으로 관장을 당한
장기들이 우렁우렁 눈물 같은 독백을 한다
냉장고를 향해 무책임하게 욕하지 마라
달밤에 춘정으로 뜨거워진 몸
주인 눈 피해 멱 감으러 나온 게 아니다
가슴은 뜨거운데 평생 차가운 몸으로
살아야 하는 서글픈 운명에 반기를 들고
철없이 가출한 것은 더더욱 아니다
돌이켜보면 지난 시절 내내
심장에 무리가 될 만큼 쉼 없는 펌프질하며
장기 가득 채워진 음식을
차갑게 차갑게 갈무리해온 죄밖에 없다
차가운 겨울비는 어쩌면 그 동안 꿈꾸지 못했던
뜻밖의 횡재인지도 모른다
밤새 겨울비를 맞고 있어도
심장은 활활활 뜨겁기만 하다

검버섯

비옥하지 않은 내 얼굴에
모처럼 버섯 풍년이 들었다
언제나 푸석푸석 악건성의 토질에
웬일로 이렇게 많은 버섯이 꽃을 피웠을까
거름 한 번 선물한 적 없고
김 한 번 제대로 맨 적 없는데
느낌표 같은 버섯이 많이도 달려 있다
얼핏 보면 표고버섯 같기도 하고
석이버섯 사촌쯤 되어 보이기도 하는데
그 향은 꼭 느타리버섯 같아
저녁식탁에 올릴 메뉴 걱정은 덜어낸다

초록 철대문

광기 가득한 바람이 상주하는
언덕 위 초록 철대문집
유년의 나는 공기놀이를 하거나 흙놀이를 하며
초록 철대문이 열리기를 기다렸다
아무리 기다려도 열리지 않는 철대문 앞에서
어린 우리는 유치한 내기를 하곤 했다
마을에 파다하게 퍼진 무성한 소문은
어린 나의 호기심에 불을 지폈다
실연당한 처녀가 목을 매고 자살하여
사람 대신 유령이 산다는 집
마을 어른들은 꼽추 노파가 사는 곳이니
어린애들은 그 앞에 가지 말라 겁을 준다
학교 파하고 날마다 그 집 앞에서 기다렸지만
처녀 유령도 꼽추 노파도 본 적 없다
초록 철대문이 열린 적 없다
다만 바람이 이죽거리는 소리만 들었을 뿐

바람님

지난 여름
오 년 전 대학병원 암병동에서
우연히 알게 되어 친분을 쌓아 온
바람님에게
용기를 내어 전화를 걸었답니다
스마트폰이 불잉걸이 되어
메마른 볼이 화상을 입어
진물이 흐를 만큼 전화를 했는데도
끝내 통화가 되지 않더군요
뚜우 뚜우 뚜우 뚜우
이물감 느껴지는 의성어만
하루 종일 더위로 탈진한 제 청각기관에
헤아릴 수 없는 상처를 남기더군요

슬픈 비밀

거울도 보지 않고 참빗으로 까만 머리
곱게 빗어 비녀 꽂던 할머니
당신만 당신의 남은 날을
인식하지 못할 뿐
아버지도 어머니도
집안일에 무관심한 동생들은 물론
여섯 살 손주 지훈이도 알고 있습니다

끼니때마다 까다로운 할머니의 밥을 푸며
시집살이 한탄하던 어머니는
요새 날씨 한탄으로 레퍼토리를 바꿨습니다
아이고 징그러버라 요놈의 날씨가
누구 잡아묵을라고 오월 달부터 삶는다냐
육개장을 푸는 언니는
코감기를 호소하며 코를 풉니다
나는 밥상 위에 수저 젓가락을 놓으며
수전증 걸리지 않은 손을 떱니다
철부지 지훈이도 보채거나
장난질을 하지 않습니다

아버지는 아파트 베란다에서
구부정한 허리를 잔뜩 말아서
줄담배를 태웁니다

어제 아침 종합병원 내과과장 김 선생이
할머니, 이제는 걱정 안하셔도 되겠습니다
드시고 싶은 것 자식 며느리한테 다 사달라고 하세요
그 말 듣고 눈동자가 보이지 않게 흠뻑 웃던 할머니
승용차 문을 열다 말고 휘청하는
할머니의 모습을 나 혼자만 보았습니다
그래서 나 혼자만의 슬픈 비밀이 되었습니다

폐교에서

안윈데미 진성북초등학교 성암분교는
칠십 년 동안 가꿔온 전통을
하루아침에 역사 속으로 묻느라
백 살 노파처럼 늙었다
어제까지도 노익장 자랑하던 수족
만능지팡이 없으면
한 발 내딛을 수도 없이
폭삭 늙어버렸다
유리창에 먼지꽃이 피고
아이들이 받아쓰기하던 책상 위에
무형의 추억이 쌓이고
칠판에 검버섯이 돋는다

잠든 밤

웅크리고 잠들어 있는 밤을
적어도 10분 이상
바라본 적이 있는가

피곤에 지친 몸으로 이불도 덮지 않고
몸을 있는 대로 말아
차갑게 잠들어 있는 밤을
적어도 한 번이라도
쓰다듬어 본 적이 있는가

밤은 신음 소리를 내며 잠들어 있다
하늘에서 땅에서
숨구멍 다 열어놓고 쏟아내는
한기 때문에 온몸은 불잉걸이다

시름에 겨운 달빛이 머리맡에 앉아
밤새 냉찜질을 해줘도
몸에 퍼진 열꽃은 식을 줄 모른다

4부

육교에서

그리움이 외등처럼 붉어지는
깊은 밤이 오면 나는
육교 위를 걷는
오래된 습관이 있다

육교에서

그리움이 외등처럼 붉어지는
깊은 밤이 오면 나는
육교 위를 걷는
오래된 습관이 있다
천근만근 무거운 가슴으로
육교 위로 올라가면
무슨 방법 있을 거라 위로하지만
정작 너 또한 이 무거운 굴레에서
도망치고 싶진 않았을까
한 번쯤은 천형 같은 잔혹한 운명
원망하진 않았을까
오늘 밤에도 너의 여린 자궁 속으로
폭군 승용차들이 끝없이 지나가고
요란한 경적 소리에
잠 못 드는 너는
울다 졸다 반복한다
나도 너와 함께 울다가
눈치 없는 모기 몇 마리 죽이고
내려온다

문자 메시지

휴대폰 폴더를 열면 세상은 온통
연약한 한글 자모음
따글따글 알파벳
꼬물꼬물 아라비아 숫자
해독 안 되는 숱한 기호들까지
추운 겨울임에도 죽순 밭을 이룬다

오랜만에 그에게
보고 싶다는 문자를 찍는데
PADGADTQRMQA
느닷없이 정체불명의 자객이 나타나
작은 화면 도배하며
질겅질겅 껌 같은 웃음을 흘린다

가쁜 숨 몰아쉬며
놈을 지우려는데
벌써 대숲이 흔들리며 전송 중이다
성공적으로 발신되었다는 메시지
대숲에 오래도록 메아리친다

선풍기

시원한 바람을 선물하는
그의 몸은 불잉걸이다
세 시간째 피스톤 운동을
멈추지 않는
그의 몸에서
후훅 단내가 쏟아진다
체질적으로 불기둥을 달고 사는
뜨거운 여자 나를 위해
여름 내내
불평 한 번 없이
봉사와 헌신을 하는 그에게
오늘밤은
소박한 냉찜질이라도
해주고 싶다

스무 살의 여름

살 부러진 우산처럼
피마자 잎이 어깨를
축 늘어뜨리고 있다
땡볕 귀가 먹먹하도록
폭염을 쏟아내는데
고추잠자리 몇 마리
장독대 고인 빗물에
입맞춤하고 날아간다
기다리던 그의 소식
여름방학이 다 끝나도록
오지 않아
소금꽃 핀 장독 밑에
그리움을 생매장하고
말없이 돌아선다

밤 9시 근린공원에서

금당지구 중흥1차아파트
정수리에 자리 잡은 근린공원
밤 9시의 어둠이
날벌레처럼 하얗게 부서져 내리고
시간을 망각한 그네 한 쌍이
바람에 몸을 뒤척이다
긴 하품 같은 명상을 즐긴다
늦은 퇴근으로 혹사당한
연골들이 등 떠밀어
겨자 씹는 마음으로
올라온 밤 9시 근린공원
해룡면 어디쯤에서 불어오는
민낯의 바람을 맞으며
적당한 분량의 어둠과 무섬기를
유일한 친구 삼아
옷을 훨훨 벗듯
스릴 만점의 밤 운동을 즐긴다

느닷없이 쏟아져 나오는 풀벌레 소리에
나와 어둠은
숨이 멎을 듯 놀라
눈이 화등잔만 해지는데
너무 놀란 것이 민망하고 미안해서
소리 내어 웃고 말았네

도토리묵

대학원 석사논문 지도교수와
함께 회식하는 날
민속마을 식당에서
통깨 찰찰 뿌려진
윤기 나는 도토리묵
밥상에 올라와 인사를 하는데
토속적인 음식을 유난히
밝히는 나는 벌써부터
한 젓가락 하고 싶어 안달이 난다
그래도 잘 보여야 하는 교수님이라
"교수님, 이것 진짜 백 퍼센트
자연산 도토리묵이래요. 드셔 보세요."
딴에 애교 부리며 권했더니
늙은 교수님 웃으며 일침을 가한다.
"왜 인간이 다람쥐 것을 빼앗아 먹나?"

구두

한숲아파트 헌옷 수거함 앞에
가지런히 놓여 있는
연륜이 느껴지는 여성용 뾰족 구두
며칠째 비를 맞고 있다
한때는 날렵한 몸짓으로
주인의 각선미를 빛나게 했을
그는 해고당한 것이다
다시 누군가로부터 고용될
일말의 가능성도 없이
노숙자로 전락한 것이다
비 맞은 생쥐 꼴로
어둠 같은 추위와 싸우면서도
다시 걷고 싶은 꿈을 결코 접지 못한 것이다
음식물 쓰레기를 버리러 나온 나는
애써 그를 외면하려 하지만
몇 해 전 해고당한 채 노숙자가 되어버린
꽃미남 숙부님 같아
옷이 다 젖도록 비를 맞으면서도
끝내 발길을 돌리지 못한다

나이

나이는 삶의 이력서다
태어나서 지금까지
한눈 팔지 않고 차곡차곡 쌓아온
순도 백 프로의 경력 증명서 같은 것이다
화려하진 않지만
감추고 싶은 부끄러움은 아니다
그런데 어느 순간부터
더 이상의 경력은 더하고 싶지 않은
반란에 가까운 욕망이 생겼다
누군가 나이를 물어오면
몹쓸 욕이라도 얻어먹은 것처럼
당황스럽다

열대야 공원에서

열대야 때문에
도무지 잠과 동숙할 수 없다면
혼자 외진 공원을 걸어 볼 일이다

풀벌레 지난해 사연까지 담아
밤새 노래해 주고
가끔 휘파람소리 같은 선물도 준다
금당지구 왕의봉에서 불어오는
한 다스의 바람이 열두 자루 연필처럼
살랑살랑 이야기를 들려준다
철봉이 주인인 모래사장 가장자리에
쇠비름 가족들 빨갛게 노랗게 꽃을 피운 채
말없는 말벗이 되어 준다

열대야 때문에
여름밤과 싸울 일이 생긴다면
공연히 열 받지 말고
아무도 없는 공원을 걸어 볼 일이다

가방을 버리며

십이 년 동안 내 어깨를 독차지하던
가짜 명품 가방을 내다 버리는 밤 열시
하필 죽일 놈의 비가 내린다

추리닝 차림에 슬리퍼를 끌고 나온 나
비굴한 표정으로 아니 두려움 가득한 표정으로
헌옷 수거함에 가방을 집어넣는다
이곳에 넣는 것이 맞는지 끝내 확신도 못하면서
실수로 생긴 아이를 내다버리는
철부지 어미 심정으로 버리고 줄행랑을 친다

내게 버림받은 가방이
헌옷 수거함이라는 조직 사회에서
혹독한 신고식을 치를지도 모른다는 생각에
이미 엘리베이터에 몸을 실은
내 가슴에는 얼음 막대기 같은 바늘 침이 박힌다

새 것도 내다버리는 흥청망청한 시대에
자그마치 십이 년 동안 내 어깨를 점유했던
다 낡아빠진 그것을
버리지 못할 이유가 무엇인가

지난 십이 년 동안
나는 학교를 세 군데나 옮겼고
아들 녀석은 중학교 2학년이 되었다
그렇게 미운 정 고운 정 다 새겨진
그것을 몰래 내다버리는 나는
죄를 짓는 것만 같아
자꾸만 1층 버튼을 누르고 싶어진다

홀로 탄 엘리베이터에서
모노드라마 주인공처럼 중얼거린다
이것은 내가 너를 버리는 게 아니라
넓은 세상에서 꿈을 펼칠 수 있는
새 길을 열어 주는 거야
듣자 하니 캄보디아나 베트남으로 수출되어
그곳 사람들의 사랑을 받는다지 않니

나 좀 이해해 주면 안 될까
나도 이제 새 가방이 하나 필요할 뿐이야

보이스피싱

관념의 숟가락을 들어
밥알을 삼키려는 순간
나의 취미도 아닌
그의 취미도 아닌
당황스런 낚시질이 시작된다
한순간 입 안에 모래알이 가득 차고
머릿속이 풀어진 두부의 질감처럼
흩어져 멈추고
나는 낚싯밥을 무는
한 마리 연약한 물고기가 되어
그들의 전화기에 여지없이 낚인 채
할딱할딱 숨넘어가고 있다

휴대폰 단축키

너무 멀리 와버린 모양이다
다시 돌아가고 싶은데 돌아갈 수 없다
석고상이 된 몸으로 그에게 돌아간들
이끼꽃조차 피우지 못할 것이다
아무렇게나 흘러내린 머리카락에
진눈깨비가 자유롭게 띠집을 짓는다
붉게 얼어터진 손으로 휴대폰 단축키를
숨 막히게 누를 것만 같은데
잣나무 가지에 숨어 있던 참새가
내 마음보다 먼저 울음을 쏟아내고 있다
이젠 그 편한 모바일 통신으로도
소통하면 안 되는
나와 그 사람 사이에
적막의 강이 흐르고 있다

스마트폰

소통이란 원래 벽을 쌓는 일에서부터
시작된다는 것을 대부분의 사람들은
인정하려 하지 않는다
얼굴 한 번 보지 않고
밥 한 끼 같이 먹지 않고
차 한 잔 나눠 마시지 않고
각자 자기들 골방에 틀어박혀
카톡을 즐긴다
손가락 끝에 생쥐 열댓 마리
와서 지쳐 돌아가는 것도 모르고
미친 듯 카톡을 한다
"밥 한 끼 같이 먹자."
"미안. 나 요즘 바빠. 다음에 연락할게."
카톡을 한다
단절을 위한 소통을 한다
소통을 위한 단절을 맛본다

가시옷

세상에 누구든
옷 입지 않고 사는 사람 있을까?

나는 숨만 쉬면 아프다
모두 하나같이 닮음꼴이다
옷장 속을 가득 채운 세월의 숫자만큼
틈새 하나 없이 걸린 옷들이
콩나물을 기르듯
여러 종류의 가시를 키우고 있다
밤새 타들어간 속을 감추기 위해
오늘도 어김없이
정장을 꺼내 입고 출근을 서두르는데
지난밤 뜬눈으로 지샌
가시들이 일제히 일어나
발톱 끝부터 머리카락 끝까지
찌르고 찌르는 난동질을 멈추지 않는다

세상에 누구든
가시옷만 입고 사는 사람 있을까?

아침 피아노 소리

느긋한 아침잠을 즐기고 싶은 토요일 아침
큰숲아파트 12층 난간에서
피아노 레슨 하는 소리가
한 뭉치의 우박 소리가 되어
603호에서 평화로이 잠든 내 귀청을
온통 전쟁터로 만들어
성능 좋은 총알이 오가고 피가 튀게 한다
두꺼운 이불을 머리끝까지 끌어올려 보지만
몸은 철근더미를 이고 있고
부글거리는 마음은
무쇠솥뚜껑을 날려 버릴 정도로
열이 올라 있다
아파트 층간 소음 문제로
살인을 저지른 4동 박 씨의 마음을
그 어느 때보다 피부 깊숙이 공감하며
급기야 내 머릿속에서 쏟아져 나오는
성난 피아노 소리를 듣는 순간
눈앞이 노오래진다

먼지

나는 지난 40년을 고아로 살아왔다
열 달 동안 품었을 어미는
소독 안 된 손으로 탯줄을 자르고
한 오라기 죄의식도 없이 고아원 입구도 아닌
익명의 낡은 의자 위에
아무렇게나 버리고 도망쳤고
아비는 코끝조차 본 적 없다
빗자루에 얻어맞고 걸레질에 짓밟히고
청소기에 테러 당하면서
창틀로 오디오 위로
탁자 위로 선풍기 날개 속으로
에어컨 필터 속으로
하루하루 쫓겨 다니며
두 발 쭉 뻗고 자는 숙면은
꿈꾸는 것조차 죄악이었으며
소화가 잘 되는 한 끼 식사는
내 사전에도 일기장에도 없었고
다만 살기 위해 눈칫밥만 위장 가득 채워
날마다 부글부글 새어나오는 가스를
발뒤꿈치로 참느라 진땀이 났다

미세먼지

헤이하이즈*
내가 태어난 곳은
중국의 어느 주택가

경제 능력이 없는 젊은 아버지는
오직 생식 능력만 우월한 중국판 홍부
제대로 먹지 못해 늘 황달을 달고 사는
노란 얼굴의 어머니는
천혜의 자궁 속 수억만의 생명체를 키우며
봄, 여름, 가을 세 계절을
남의 눈을 피해가며 혹독한 태교를 한다

난방이 필요한 겨울 한복판
어둠이 질펀한 대낮에
조산사도 없이 수억만의 쌍둥이 남매를 낳다
눈도 감지 못하고 숨을 거둬버린 노란 어머니

아내를 잃은 아버지는 한가하게 아내의 죽음을
슬퍼할 겨를조차 허락받지 못하고
수억 명의 핏덩이 쌍둥이 남매를
헤이하이즈로 만들지 않겠다는
눈물겨운 부성애 하나로
수만 리 건너 한반도 땅으로 야반도주를 한다

*헤이하이즈: 중국의 산아 제한 정책으로 인하여 1가정 1아동 규정을 어기고 태
 어난 아이들이 정부의 혜택이나 정상적인 생활을 할 수 없는 어둠 속에서 살아
 가는 처지에 빗대어 쓰이는 말.

전셋집

온 천지에 봄이 질펀하게 밟히는 날에도
가슴에 고드름이 주렁주렁 매달리는 집
대출금 이자에 잘려 나간 자존심이
뿌리부터 얼어붙고 있네

베란다에 꽃대를 올리기 시작한 봄철쭉도
절망이 되어 피어나는 곳
맘대로 뛰지 못해 동심이 멍든
막내 경완이는 날마다 까치발로 걷네

못난 엄마 눈치 살살 살피며
움츠러든 동심으로 웃는데
포장지도 꺼내기 전에 들켜버린 속내
전세금 올려달라는 주인집 아낙의 불화살에
간밤에 잠 한 숨 못 잔 얼굴로 웃지도 못하네

지난겨울 한파에
수도관이 동파되었을 때는
수다쟁이 천성도 버리고
침묵으로 일관하더니
봄이 오기 무섭게 전세금 올려달라고
얼음트럭을 몰고 쳐들어오네

면소재지 마트

한 두름의 기억이 위궤양을 앓는 퇴근 시간
졸지에 시골고등학교 선생으로
나이테 굵은 자취생이 되어 버린 나는
등 뒤로 달아나는 햇살을 지갑에 넣고
면소재지 한복판 몇 안 되는
시골손님들의 무뚝뚝한 발길을 붙잡기 위해
아이돌의 최신곡을 무단방출하는
서울마트 자동문에 땀 젖은 지문을 찍는다
도시 같으면 퇴근길 시장 보는 사람들로
막 오른 무대처럼 활기찬 카트로 붐빌 텐데
보조개 가득 푸른 이력서로 도배한 수박 몇 통이
지나치게 밝은 조명 아래 몰려드는 잠을 쫓고 있을 뿐이다
측은한 마음에 한 통 사들고 자취방으로 가고 싶었지만
하나밖에 없는 입으로는 도무지 감당이 안 돼
외면하듯 엄마도시락 하나와
뻥튀기 한 봉지를 사들고 나오는데
진열대마다 알몸으로 눈인사를 건네는
상품들은 절실하지만 절실하지 않다

독기를 뺀 삶의 이력들이 줄줄이 흘러나오고
깜짝세일을 부르짖는 매장 직원의
현실감 없는 목소리에 걸려든 한 마리 거미가 되어
취사도구 하나 없는 자취생 주제에
해먹을 수도 없는 열무 한 다발 사들고
부끄럼 많은 나는 얼굴이 붉은 노을과
모처럼 다정하게 팔짱을 끼고 자취방으로 돌아온다

잠보

봄 가을 겨울
세 계절 내내 잠만 자는
놈이 있다는 사실을
사람들은 알고 있을까

그렇다고 게으른 놈도
무능력한 놈도 아니다

지극히 정상적이고
지극히 능력 있는 놈이다

에어컨처럼 비싸게 굴 줄도
모르는 놈이다

그저 여름 한철
크지 않은 몸으로
온몸을 뜨겁게 움직여
시원한 바람 선물하는
보기보다 우직한 놈이다

5부

2월 하루

하늘도 피울음 쏟는 저물녘
등 굽은 아버지의 창백한 귀갓길
일찍 산책 나온 달이
시린 등을 쓰다듬는다

2월 하루

야멸차게 퍼붓는 눈보라
아직도 독기 등등한 국방색 칼바람

하루 종일
산등성이 밭을 일구는 칠순의 아버지
머리카락 성성한 뒤통수
온통 흰 눈이 쌓인다

아직도 봄기운 돌지 않는
가난한 가장
막둥이 주먹 같은 땀
이따금 훔치고
속병 깊은 가래침 토한다

하늘도 피울음 쏟는 저물녘
등 굽은 아버지의 창백한 귀갓길
일찍 산책 나온 달이
시린 등을 쓰다듬는다

인력시장

식구들 몰래
새벽밥 짓는 아버지

기척 소리 나지 않게
발자국 소리 죽이는데
등 굽은 뒷모습
어둔 백열등 아래 흔들린다

쌀 씻는 소리
수돗물 떨어지는 소리
애써 죽이는데
끝내 터지고 마는
오래된 해소기침 소리
병든 엄마 귀청 찢고
조숙해서 슬픈 내 가슴 때린다

식구들 얼굴 보기 미안해
날마다 새벽밥 지어놓고
인력시장으로 가는 아버지

아버지를 보내며

영정 속 젊은 아버지가
풀잎처럼 푸르게 웃는다
단벌 양복 곱게 차려입고
머릿기름 바른 머리 빛이 난다

준비 없는 이별 앞에
가족 모두 무릎이 툭툭 꺾인다
한 마디 할 법도 한데
그저 눈부시게 웃고만 있다
장례식장 바닥에 눈물이 흥건히 고이고
아직도 젊은 어머니가 급기야
실신을 한다
하얗게 하얗게

평생 고생이라는 소금기 속에서
묵은 젓갈로 살다간 아버지의 영혼이
풀풀 날아간 그 곳에
어느 봄날 스산한 봉분 하나
낯선 얼굴로 누워 있다

삶과 죽음이라는
까마득한 거리에서 나는
아버지의 따뜻한 손을
마지막으로 잡아보기 위해
지난밤 내내
어둔 뻘밭을 기었던 모양이다
손바닥에 물집이 잡히고
그 마디마디
아버지의 뜨건 눈물이 스며들었다

영세공원에서

관을 내린다
핏줄로 맺은 인연의 끈이
뇌경색으로 떨어진다
그 막막한 아득함이
명치끝을 후비며
가슴에 시커먼 못을 박는다

손가락 마디마디 감은 하얀 반창고가
검붉은 빛으로 울먹일 때까지
칼을 가셨을 매일시장 칼갈이 아버지
막걸리 한 병이면
세상 모든 것 다 가진 듯
하회탈로 웃으셨던 아버지

탯줄 묻은 고향 마을 환히 보이는
양지 바른 땅
미친 비바람이 윙윙대고
쳐놓은 포장이
해소기침으로 등을 구기며 쿨럭인다
잡곡 닮은 거친 흙을 관 위에 뿌리며
흙가슴을 쓰다듬는데
참았던 눈물이 울음보로 터져
미친 빗물처럼 관을 채운다

새벽밥을 지으며

휴대폰 알람 소리
주인인 나를 닮아
속울음으로 아침을 깨운다
아직도 몇 겹은 더 되어 보이는
어둠에 맨발이 푹푹 빠진다
저 건너 부영아파트 7층쯤에
흐린 불빛이 낯익다
바가지에 쌀 4컵을 넣고
맨손으로 문지른다
하얀 거품이 물비누처럼
입을 오므렸다 열었다 한다
지난밤의 피로와 오늘 있을
노동의 무게를 섞어
압력솥에 밥을 안친다
터질 것 같다고 소리치는
압력솥 숨구멍 한 번 살짝 열어주고
고3 아들 잠을 빼앗으러 간다
살짝 사알짝 사알금 살금

청소부 김 씨

어둠은 무엇으로 만들어진 것일까?
술떡이 되어 돌아오신 아버지를
방 안에 누이며
천 년 원수 백 년 원수를
부르짖던 어머니를 보며 나는
어둠은 술로 만들어진 것이라 확신했다
그런 날이면 우리 3남매는
불 꺼진 골방에서 울며 잠들어야 했다
이 웬수야 존 일 헌다고
어디 가서 지발 데져 부러라
어머니의 찰진 울음소리는
밤새 계속 되었고
아버지의 몸은 쓰레기더미 속에서
각혈 같은 기침을 했을 것이다
내일 아침이면 어김없이
청소차를 끌고 나갈 아버지는
놀랍게도 어둠을 닦아내고
새벽을 여는 청소부 김 씨다

아들을 군대에 보내며

2011년 3월 8일
남들에겐 객관적인 봄인데
내게는 주관적인 겨울이다
차창으로 스며들어온 봄바람조차
비린 겨울 냄새로 가득하다
가슴에 넣고
늘 데리고 다니고 싶은 내 아들
군 입대를 위해 깎은 머리가
송곳이 되어 가슴을 찌른다
아무 걱정 말라며
거수경례를 하는 아들을
찬바람 부는
낯선 강원도 땅에 두고 오려니
내 온몸은 눈물의 포화 상태다
눈물 보이면 안 된다고 주문을 걸었지만
102 보충대 앞에서 헤어져야 하는 나는
봇물이 터진 둑처럼
속수무책으로 무너지고 만다

봄을 기다리며

영하 24도라는
혹독한 겨울을 잠시 떼어놓고
고향 남도 땅에 휴가 받아 온
금쪽보다 귀한 내 아들
추위와의 싸움이 얼마나
피비린내 나는 살육전이었는지
온몸에 상흔들이
봄동처럼 피어 있다
어린 시절 찬바람 몰아치던
언덕배기 밭에서 본
봄동과 너무나도 닮아 있어
아들의 상흔을 쓰다듬으며
흐르는 눈물을 속으로 밀어 넣는다
귀대하면 혹한기 훈련이라는
아들의 웃는 얼굴을 보며
선물 같은 봄이 어서 오기를 기도한다

기억을 잃은 아내

30년 전 텃골 밭에는
아내가 심은 고추가
여름밤 불빛 아래 모여드는
날벌레처럼 무성했다

한량인 나는 농사일 싫어
돈 벌어오겠다는 핑계를
대의명분 삼아 대처를 떠돌다
주머니에 돈 바닥나면
고향집 안방에 몰래 기어들어가
세상 모르고 잠을 자다
늦은 아침에 일어나보면
아내는 어느새 텃골 고추밭에서
묵묵히 김을 매고 있었다

그런 아내가 예순여덟의 나이로
기억을 모두 떠나보내고
세 살 지능의 아이가 되어
고추나무 대신 매실나무를 보고 있다

아내의 기억이 사라진 자리에
나는 몇 년 전 매실나무를 심었다
2월의 한기 속에서
아내를 트럭에 앉혀놓고
매실나무 가지치기를 한다
조금 있으면 아내는
"가자, 가자, 얼렁 지비 가자."
세 살 아이처럼 칭얼거릴 것이다

일흔 넷의 나는 다리 관절에
이상 신호를 느낀 지 오래지만
기억을 잃은 아내
내 사랑을 포기할 수 없다

마지막 꽃단장

고요가 무겁다
이따금 들리는 울먹임이
고요에 생채기를 내며 떨어진다

내어 줄 것이라곤 하나도 없다
여섯 해의 투병 끝에
그 말랑거리던 살점은
저승새의 날개에 실려 간 지 오래고
꼬챙이 닮은 뼈만 유리문을 꽉 채운다

바위 틈새에서도 꽃대를 올리며
버텨온 여든여덟의 삶이
먼 길 나서기 위해
자손들 앞에서
전문가의 도움으로 목욕을 한다

2013년 12월 31일
차디찬 겨울 길목이 무릎 꺾고 우는데
공들여 꽃단장한 당신은
샛노란 민들레꽃 되어
비단신 신고 꽃가마 탈 채비로 설렌다

유언 한 마디 없이
이승의 끝 어느 한 지점을
노랗게 물들이다가
그렇게 날아갈 모양이다

할매 팥죽

가파른 불혹의 능선
돌을 달고 걷는 기분이다
입 안이 푸석거리고
밥 한 술 넘기기도 숨차
우울증이 외투를 꺼내 입는 날이면
목성리 2구 장터마을 끝
할매 팥죽이
지친 나를 훔쳐간다
낡은 송판에 붉은 팥알처럼
박힌 간판 페인트 서너 조각
잃어버린 채 초라히 서있지만
따순 정을 끓이고 달콤함을 키운다
펄펄 끓는 가마솥 팥국수 푸는
허리 굽은 할매 달큰한 미소에
와락 안겨 울고 싶어진다

못난 가장

그리움의 석양이 붉게 물드는 이 시간 그는
셋째 아이 출산을 앞두고 있는
중년의 아내에게 휴대전화를 한다
일용직 노동자들이 하루치 노동을 마치고
돼지 껍데기를 찾는 이 시각
노산이라 임신중독증에
속수무책으로 노출된 아내는
무엇을 하고 있을까
출산이 채 한 달도 안 남았는데
아내는 지금도 직장에 나간다
출산 후 하루라도 더 쉬기 위해서란다
지금쯤 아내는 8교시 보충수업을 마치고
71번 시내버스에 무거운 몸을 구겨 넣고
위태롭게 흔들리고 있는 건 아닌지
휴대전화도 받지 않는다
조립식 현장 숙소에서
애꿎은 담배만 축내고 있는
못난 가장인 내가 밉다

태풍 부는 날

태풍이 지상에서 광기의 시간을 즐기는 동안
내가 할 수 있는 것은 고작 해야
베란다 유리창에 기대어
밖을 내다보는 것뿐이다

금방이라도 뜯겨나갈 것 같은
베란다 유리창을 붙들고
이미 내 다리는 사시나무를 닮아 있다
이 태풍 속으로 차를 몰고
요양원에 계시는 시어머니를 뵈러 간
효자 남편의 미소 띤 얼굴이
굵은 빗방울이 되어
가슴에 꽂히는데
나는 못 볼 걸 보고 말았다
태풍의 입 속에도
날카로운 송곳니가 있다는 것을
태어나서 첨으로 보았던 것이다
아직 숨이 끊어지지 않은
날고기를 질겅질겅 씹어 먹으며

입가에 핏물을 흘리는
태풍의 모습을 보고
나는 그만 기절할 뻔했다

무차별적으로 폭력을 휘두르는 놈이라는 것은
이미 오래 전부터 알고 있었지만
이렇게까지 잔인한 놈인지는 몰랐다
남편이 집에서 나간 지 4시간이 넘었지만
아직 돌아오지 않고 있다
남편의 휴대폰으로 수차례
전화를 했지만
음성 메시지를 남기라는 기계음만
되돌아오고 있다

김치

결혼한 지
이십 년 하고도 칠 개월이 지났지만
나는 아직 김치를 담글 줄 모른다
시집살이 할 때는
감히 누구도 범접 못 할
시어머니만의 고유한 영역이라는
튼튼한 이름표 아래 나는 그저 안락하게
김치 맛을 즐기면 그만이었다
그러던 어느 날 갑자기 심근경색으로
반신불수가 된 시어머니는 요양원으로 가고
시어머니표 김치 맛을 즐기는 혜택은 사라졌다
퇴근 후 대형마트 김치 판매대 앞에서
고뇌에 찬 내게 때맞춰 희소식이 날아왔다
그날 밤 친정엄마의 전화 내용은
김치 공포에서 나를 구제해 준 구세주였다
"딸아, 앞으로 느그 짐치는 내가
담가 줄 텐께 마트서 사묵지 마라.
기생충 알이 드글드글해서
그것 묵으면 병난단다. 알것자?"

오늘 친정엄마는
잘 삭힌 젓갈 듬뿍 넣은 김치를
두 통이나 보내왔다
이것이 분명 엄마표 진한 사랑인데
나는 한 번도 그 사랑에
감사하다는 말 정식으로 한 적 없다
가슴 뜨겁게 고마운데도
사랑 땜에 목울대가 울컥하는데도

할머니의 유모차

산다는 것이 부풀어 오른 물집 같다고
느껴지는 날이면
나는 승용차의 유혹을 뿌리치고
시내버스 한 자리를 빌려 출근을 한다

버스기사가 일방적으로 들려주는
뉴스며 음악을 배경 삼아
나른한 상념을 즐기려는 내 망막에
난데없이 들어온 거꾸로 맺힌
어느 할머니의 유모차
맥문동 산책로를 힘겹게 오른다
스무 해 전 갓난쟁이 큰애를 태우고
꽃길을 걸었던 아가방 유모차
내 망막 속에서 할머니의 유모차와
때마침 오버랩 된다

유모차란 유아들의 전유물이라
여겼는데 오늘 보니
낡은 유모차는 할머니의 수족이다
허리가 굽고 다리가 제 기능을 못하는
할머니에게 그 보잘것없는 유모차는
젊음이 빠져나간 몸을 기댈 수 있는
유일한 버팀목이다

산다는 것이 부풀어 오른 물집처럼
느껴지던 오늘 아침
나는 할머니의 유모차를 보며
삶의 내밀한 한가운데를 쓰다듬어 본다

고향집

처마 밑이 평화로운 고향집에 와서
객지 생활로 지친 내 몸을 누이네
몸은 피곤하기만 한데
마음은 한 가닥의 잠도 데려오지 못하네

어릴 때 그 밤처럼 어김없이
풀벌레 소리 생음악으로 들려오고
달빛은 알몸으로 들어오는데
그리움인지 슬픔인지 모를 감정의 다발들이
이불 속을 채우네

악아! 전깃불 오래 키놓으면
전기세 많이 나온께 언능 자그라잉

건넌방에서 들려오던 할머니 목소리
자장가 삼아 꿀잠에 빠지곤 했는데
불혹이 넘은 나는
할머니도 부모님도 모두 돌아가신
이제 막냇동생 내외가 사는
고향집에 돌아와서
긴 겨울밤 잠을 데려오지 못하고
그리움인지 슬픔인지 모를 놈에게
내 마음을 다 내주고 있네

칼국수를 꿈꾸며

면발 좋은 칼국수 선보이고 싶어
콧잔등에 땀구슬 굴러다닐 때까지
오래오래 밀가루 반죽을 한다
쉽게 흩날리는 하얀 각질은
아주 섬세한 손길로 다뤄야 하기에
손바닥에 저장해 둔 물기를 모아
세수하듯 꼼꼼하게 문지른다
젓가락에 걸터앉아 긴 다리를 뽐낼
탄력 넘치는 순간을 꿈꾸며
아주 오래오래 주무르고 어르는
정성 어린 지압 의식을 치른다
가슴을 베이며 자라는
달콤한 엿가락처럼
내 마음을 흉내 낸 면발은
화르르 웃는다
면발은 가난한 식탁을
더욱더 풍요롭게 만드는 요술을 부리고
불빛 아래 모처럼 얼굴을 마주한 가족들은
화기애애한 꽃송이로 피어난다

무시래기

겨울 산골 처마 밑
말갛게 머리 감은 무시래기
곱게 빗은 긴 머리 말리며
도란도란 이야기꽃 피운다
빨래비누로 머리 감겨 주던
친정엄마 보고 싶다 울먹이는
갈밭골 새댁무시래기
울지 마 새댁 이 동네도 살만 해
햇빛 따사롭고 바람 살랑살랑
정들면 이만한 곳 없어
위로하는 동네아짐무시래기
이야기꽃 질 줄 모르는데
노을이 얼굴 붉히며 엿듣네

화장장에서

자고로 겨울은 꽁꽁 얼어야 제 맛이다
증축 중인 시립화장장은 부끄럼을 잊어버린 작부처럼
붉은 속살을 훤히 드러내며 벌렁벌렁 엉덩이를 흔든다
머리카락 질끈 묶고 뒤돌아 서 있는 남자처럼
도무지 말이 없는 몇 구의 무덤들
심드렁한 뒤통수로 묵언의 메시지를 보내고
누군가 마른버짐 가득한 손바닥으로 유리문을 민다
진눈깨비가 내리고 꽁꽁 언 공기가
참았던 울음을 급기야 터트리고 만다
가슴에 숨겨놓은 숱한 애증의 세월
하나도 꺼내지 못했는데
이승과 저승 사이
얼굴 마주할 수 없는 회한이 흐르고
인연이라는 이름의 새가 옷을 벗고 하늘로 날아오른다
당신이 미처 꺼내지 못한 유언을 나는 해석할 수 없다
녹으면서도 얼어붙는 진눈깨비 속에 내 몸을 맡기고 운다

마스크 쓴 표정 없는 화부들이
타다 만 뼈를 추스르며 눈빛을 교환할 때
거짓말처럼 당신의 모습을 보고 말았다
고개만 주억거리며 끝내 아무 말이 없었다
겨울은 자고로 꽁꽁 얼어야 제 값을 한다
연화당 굴뚝에선 희부연 깃털이 쉼없이 날아가고
진눈깨비는 녹으면서 얼어붙는 역설이 된다

아버지의 구두

썩은 양파처럼 쿨럭쿨럭 내리는 빗물이
아버지의 고방에 마실 나왔다
가난이라는 소금기에 절여진 아버지의 한평생에는
변변한 구두 한 켤레 없었다
때 묻은 흰 고무신이나
태생부터 까만 검정고무신이
아버지와 함께 칠십 평생을 걸어왔을 뿐이다
작년 생신 때 반강제로 백화점에 모시고 가
검은 구두 한 켤레 사드렸더니
"농사짓는 놈이 구두는 무슨……." 하시더니
집에 손님이 올 때마다
친구 분들이 놀러 오실 때마다
고방에 고이 모셔둔 구두를 꺼내 선보이시며
"우리 딸내미가 선물헌 거여."
입꼬리가 귀에 걸리도록 자랑을 늘어놓았다는
어머니의 말씀을 들으며
소금물 들이킨 것처럼 울음을 토해내야 했다

"아이고, 불쌍헌 양반아!
막둥이 장개갈 때 신는다고 고방에 모셔두더니
한 번도 제대로 신어보지도 못허고
황천길 가시게 되었으니 원통해서 어쩐다요?"
어머니의 통곡으로 저린 가슴을 쓸며
썩은 양파 같은 빗물을 내가 맞고 있다

오래된 달력

이제는 창고라는 말이 입에 착착 감기는
33평 아파트 작은방에서
박스째 사놓고 쓰던 염색약이 안 보여
어설픈 두더지마냥 반쯤 넋이 나간 채
온 방을 쿵쿵대다가
일그러진 박스 속에서 5년 동안이나
깊은 잠에 곯아떨어져 있는
오래된 달력을 훔쳐보게 되었네
2010년 간신히 병석에서 도망쳐
복직을 하고 3월 햇살에
현기증이라는 큰 상처를 입으며
조금씩 적응해 갈 무렵
아버지는 내 가슴팍에 지워지지 않는
검붉은 도장 하나 팡 찍어놓고
다시 못 올 곳으로 떠나셨네
미친 여자 머리카락처럼
질리도록 내리던 그 해의 봄비는
아버지의 부재에 슬픔과 절망을 덧입혀
살아남은 식구들의 심장을 야금야금 베어 물고

시립묘지 한복판에서 잔인하게 통곡하네
술에 취해 어느 뒷골목에 쓰러져
밤늦도록 귀가하지 않던 아버지를 기다리던
유년 시절의 그 막막하던 어둠이
차라리 그리웠네
아버지를 닮은 비릿한 바람이
시골집 안마당을 쓸면
살아남은 식구들 가슴을 물들이는 핏빛 노을이
슬픔을 입막음하기 위해 진땀을 빼고
아버지는 오래된 달력 속에서 주름진 미간으로
눈물 같은 웃음을 선물하려 애쓰시네

염색

시집오자마자 가난과 전쟁놀이하며
버텨 온 검정고무신 같은 삶
윤기 흐르던 검은 머리 다 분가시키고
어머니, 늦은 밤 홀로 염색하신다
눈이 닿지 않은 정수리 뒷부분은
아버지가 항상 칫솔에 염색약 발라
꼼꼼히 한 올 한 올 염색해 주셨는데
3년 전 아버지를 먼저 보낸 어머니는
아버지 없이 외로운 염색을 하신다
흘러내리는 돋보기안경에
검은 눈물이 흐르고
늙은 어머니 닮아
쭈글쭈글 뻣뻣해진 칫솔도
이제는 말귀를 잘 알아듣지 못한다
하얗게 센 가을 억새풀
이듬해 봄바람 불면 다시 검어질까
먼지 앉은 거울 가까이
얼굴을 부딪치며 염색을 하신다

야식 일기

김혜련 지음

발 행 처 · 도서출판 청어
발 행 인 · 이영철
영   업 · 이동호
홍   보 · 천성래
기   획 · 남기환
편   집 · 방세화
디 자 인 · 이수빈 | 김영은
제작이사 · 공병한
인   쇄 · 두리터

등   록 · 1999년 5월 3일
(제1999-000063호.)

1판 1쇄 발행 · 2020년 6월 30일

주소 · 서울특별시 서초구 남부순환로 364길 8-15 동일빌딩 2층
대표전화 · 02-586-0477
팩시밀리 · 0303-0942-0478

홈페이지 · www.chungeobook.com
E-mail · ppi20@hanmail.net
ISBN · 979-11-5860-857-6(03810)

이 도서의 국립중앙도서관 출판시도서목록(CIP)은 서지정보유통지원시스템 홈페이지
(http://seoji.nl.go.kr)와 국가자료공동목록시스템(http://www.nl.go.kr/kolisnet)
에서 이용하실 수 있습니다.(CIP제어번호: CIP2020024088)

후원: 전라남도   문화관광재단

이 책은 전라남도, (재)전라남도문화관광재단의 후원을 받아 발간되었습니다.